EL ÚLTIMO DUELO

PRIMERA EDICIÓN
Abril 2025

© José Romero López, 2024

© De esta edición: Eolas ediciones

Director de la colección: Héctor Escobar

Diseño y maquetación: Martín Errand

Cubierta: Manuel Barrón y Carrillo
La cueva del Gato (detalle)
Óleo sobre lienzo · 1860 · Museo de Bellas Artes de Sevilla

Dep. legal: LE. 215–2025
ISBN: 979-13-87753-17-7

Impreso en España — Printed in Spain

Con la colaboración de:

El último duelo

José Romero López

Ganadora de la quinta edición
del Premio del Concurso Literario
APROGC 2024

EOLAS
ediciones

Alabado sea el Señor, mi roca, que
adiestra mis manos para la guerra,
y mis dedos para la batalla.

Salmos, 144.1

UNO

Nadie supo averiguar nunca cómo ni cuándo comenzaron las tropelías del bandido Diego Sánchez Jiménez. La mayoría de los historiadores y algún cronista advenedizo están de acuerdo que fue el despecho de una mujer casada lo que le llevó a una vida de bandidaje. De ahí que sus contemporáneos le bautizaran con el apodo de «el bandido enamorado» o simplemente Diego Enamorado.

Diego Enamorado nació en un pequeño pueblo sin nombre, en la agreste serranía de Cuenca. Desde pequeño, se advirtió en el muchacho un desparpajo fuera de lo común y una masculinidad equina. Don Eulalio, el cura de la parroquia, lo bendijo varias veces convencido de que el diablo habitaba en el interior de su alma. Y aunque no está confirmado, se rumoreó que su presencia se veía siempre precedida de un viento frío proveniente de algún lugar maldito.

De él, solo se conoce un retrato al carboncillo que el hispanista inglés Richard Ford, embelesado con España, le hizo en 1833 antes de regresar a su isla natal.

Se echó al monte con tan solo dieciséis años, según cuentan los cronistas locales, aunque existen discrepancias en este punto. Joven de porte extraordinario, fuerte como un toro, patillas de hacha en las mejillas que casi le alcanzaban el mentón, y guapo hasta la exasperación; tardó poco en convertirse en una leyenda, una especie de ser mitológico que aparecía y desaparecía a lomos de un enorme caballo tordo burlando a las autoridades.

Los más humildes le consideraban un aventurero romántico que se rebelaba contra cualquier tipo de autoridad a pesar de que no se trataba de un bandido generoso que robaba a los ricos para repartir entre los pobres; mientras que los pudientes, la gente de orden y el clero echaban pestes e improperios cuando alguien nombraba, con visible imprudencia, su nombre.

La alarma, sin embargo, cundió en las altas esferas cuando robó la pianola que el obispo de Toledo había regalado a la diócesis de Cuenca para solaz de los parroquianos. El carro que la transportaba desde Madrid, tirado por cuatro mulas pardas, fue asaltado y la pianola pasó de esta manera a formar parte del inventario de objetos robados que Diego Enamorado ocultaba en algún lugar remoto de la sierra. Cuando los mozos de tiro llegaron a Cuenca, apaleados, con las manos vacías y narraron lo sucedido, el gobernador militar montó en cólera.

El obispo celebró cuatro misas en román paladino, rogando a Dios castigo para el causante de tal crimen y expuso insistentes quejas al gobernador que le prometió, una y otra vez, solicitar tropas al objeto de recuperar la desdichada pianola. Al menos una vez así lo hizo, pero el teniente que mandaba la expedición regresó solo y magullado tras recibir una soberana paliza de sus propios hombres, que desertaron en masa pasando a engrosar la partida del bandido, convencidos de que la vida de pillaje proporcionaba más emolumentos que los ganados en la milicia.

Ante tal desafuero, temiendo que el bandido se convirtiera en una leyenda romántica, el Gobierno de Isabel II ordenó a la recién creada Guardia Civil, prenderle para llevarlo engrilletado ante la justicia. Para ello, desde el Tercio de Madrid se ordenó el traslado hacia la zona de una compañía al mando de un desconocido capitán.

Se trataba del capitán Luis Mejía.

Hombre alto, delgado y joven, gastaba bigote y pelo engominado peinado desde la frente hacia atrás. De rostro anguloso, era un hombre del que no se conservan retratos, de ahí la somera descripción física.

Mejía era un oficial metódico e inteligente. Quizás, uno de los mejores que vistió el uniforme del benemérito cuerpo como bien demostraría después, aunque desde el traslado voluntario a la Guardia Civil no había participado en ningún operativo de detención de un forajido.

Aposentó sus reales en un antiguo pueblo y cabeza de partido llamado San Clemente. El oficial, hombre culto, pensó que los palacios renacentistas y el arco romano del poblado le ayudarían espiritualmente en su arriesgada misión.

Se instaló a cargo del alcalde, persona oronda y callada que le cedió una habitación de buen grado en la Casa Consistorial, mientras los suboficiales y guardias fueron alojados en viviendas particulares. La habitación ocupada por Luis era el antiguo hogar del secretario municipal. Parca en muebles, disponía de una cama que los más podían llamar jergón, un armario barnizado con betún de Judea, un escritorio escaso de tamaño, un par de sillas y una mesa.

El capitán, acostumbrado a la levedad del ejercicio castrense, se sintió cómodo a pesar de todo. En San Clemente se notaba seguro, al fin y al cabo era un pueblo pobre que vivía ajeno a la realidad, inmerso en un retiro secular, motivo por el cual el terrible bandido jamás puso su pie en él.

Desde que llegó, Mejía comenzó a recabar datos sobre el bandolero. No solamente de sus delitos. En ciencia policial, el capitán era un adelantado a su tiempo, puesto que también estudiaba la personalidad y el *modus operandi* del delincuente. Entrevistó a paisanos por toda la comarca que habían conocido al malhechor desde niño. El capitán no se conformaba con conocer sus fechorías. También quería saber sobre su personalidad, sus gustos, sus puntos débiles… En suma, era un policía de la época tratando de aplicar un método racional a sus investigaciones.

Sin embargo, la empresa resultó complicada: pocos eran los que, por miedo a represalias o admiración, estaban dispuestos a hablar de Diego Enamorado. El capitán solo sacó en claro que se trataba de un fantasma, un individuo que se amparaba en la abrupta quietud de la sierra, que tenía la noche estrellada como hogar. Eso, y que las mocitas perdían los sesos por él con esa extraña fascinación que muchas mujeres sienten por los rebeldes fuera de la ley.

Ordenó batidas nocturnas por los cruces de caminos más concurridos. Insistió en que sus guardias, guiados por él mismo, subieran las crestas de los montes, bajaran a los valles y recorrieran los desfiladeros. Impuso patrullas diarias por los lugares más concurridos, pero todo fue inútil.

Al mes de hallarse destacado en San Clemente, al no conseguir el objetivo de su misión, decidió detener sus esfuerzos para pensar y tomar un descanso muy necesitado por sus hombres.

Una noche de primavera, salió solo de su habitación en el ayuntamiento decidido a tomar una copa de vino en la única cantina del pueblo. No era bebedor, pero necesitaba poner en orden su cerebro, al menos durante un rato.

DOS

San Clemente era tan chico, que solo tenía una taberna que ejercía de salón de juegos de naipes y centro de reunión de los vecinos. Cuando Luis Mejía entró en ella, los parroquianos se podían contar con los dedos de una mano. Olía a vino barato, torreznos y fritanga; a carne asada y jamón salado. Un local estrecho, con una barra de madera al fondo y varias mesas con sillas a su alrededor. Los presentes le saludaron cortésmente y el mesonero, hombre orondo y calvo con aspecto de sochantre, le ofreció una mesa tomándole nota de lo que quería. Luego gritó dirigiéndose a la trastienda:

—¡Isabel! ¡Trae una botella del vino bueno y un vaso para el señor capitán!

Pasados unos minutos, por la puerta situada detrás de la barra, apareció una joven con una botella y un vaso en la mano. Se dirigió andando lentamente hacia el lugar donde Mejía se sentaba. Con esmero, depositó la botella y el vaso sobre la mesa y escanció un poco del néctar dionisiaco.

—¿Quiere comer algo, capitán?

Mejía levantó la mirada, escapando de sus pensamientos tan solo para observar a la mujer. Isabel, la hija del mesonero, era una muchacha en flor, de pelo oscuro y cintura cimbreante, parecida a una Venus recién salida de las aguas. Luis Mejía tuvo que convencerse a sí mismo de que no se trataba de una ensoñación.

—Tenemos un queso en aceite que ya lo quisieran en Madrid —continuó graciosamente Isabel a falta de respuesta.

El capitán asintió realizando un gesto afirmativo con la cabeza. La muchacha se retiró para regresar al rato con unos trozos de queso y pan en una escudilla. Sin dejar de pensar en la chica, Mejía vertió más vino en el vaso y comenzó a comer.

No es que desconociese la geografía del cuerpo femenino, algún escarceo erótico había disfrutado, pero como era hombre cabal, estaba convencido de cumplir con la promesa hecha a sí mismo de casarse por amor. Por eso y por su carrera militar, permanecía soltero. Pero Isabel parecía diferente. Exudaba femineidad por todos y cada uno de los poros de su piel. A pesar del hedor que inundaba la atmósfera del garito, olía a lavanda. Intentó concentrase en beber y comer para olvidarse de la mujer, lo que le supuso no percatarse de que poco a poco, los clientes de la taberna la habían abandonado.

Entonces, lo notó.

Un frío helado pareció apoderarse del local. De repente, un hombre joven tomó asiento frente a él, con la silla del revés.

No cabía duda: ¡era Diego Enamorado!

El capitán de la Guardia Civil, Luis Mejía, no se alteró. Echó un vistazo rápido a su alrededor para comprobar, desolado, que no estaban solos: varios hombres de semblante hosco se apostaban en los rincones con armas en las manos. Al instante, pensó que su vida acababa en aquel momento e interiormente rezó unas fracciones del padre nuestro para sus adentros.

—Buenas noches, señor capitán —dijo el bandido con cierta sorna.

—No le doy las buenas noches a proscritos como usted —respondió Mejía orgulloso, mirando al bandolero fijamente a los ojos, mientras recordaba que había dejado su pistola de arzón en el ayuntamiento.

—Como quiera, vuecencia —respondió Diego, con sorna en el tratamiento—. Solo he venido para conocerle. Para ponerle rostro y sepa que no le tengo miedo. Veo, además, que no me habían mentido. Usted lleva en el interior de su pecho el mismo fuego que yo. Los dos hemos recibido esa llamada invisible que nos obliga a dejar la vida ordinaria. Esa llamada que usted llama deber y yo, aventura.

—Ya me conoce —Mejía estaba enfadado, pero sabía que debía guardar la compostura o su vida correría peligro—. Ahora, debería dejarme cenar tranquilo.

—Lo haré, capitán, mejor aún: invito yo —el bandido depositó unas monedas encima de la mesa, que rápidamente fueron rechazadas por el Guardia Civil apartándolas con la mano.

—No acepto invitaciones.

Ambos hombres se miraron fijamente a los ojos, sosteniéndose la mirada mutuamente durante unos segundos. Eran miradas duras, cabales, escrutadoras; de hombres que saben lo que buscan en la vida y no se amilanan ante el peligro.

nada con luz fantasmagórica. Tal fue la impresión, que salió corriendo y desapareció durante una semana.

Tanto el cura, como sus acólitos, satisfechos por el estremecimiento causado en el alma del noble bruto, regresaron a sus casas ahítos de satisfacción, convencidos de que la miserable chanza había acabado con las dudas de Ezequiel.

Cuando Ezequiel regresó, hizo lo que nadie esperaba; fue a denunciar ante el capitán Mejía la aparición de la santísima Virgen María.

En principio, Luis Mejía no hizo mucho caso de la declaración de Ezequiel, conocedor de su flaco entendimiento, pero como hombre de ley decidió, una mañana, acompañarle a la cueva al objeto de comprobar la veracidad de su historia. Tras caminar unos centenares de metros en dirección a la sierra, llegaron a la cueva.

—¡Aquí fue! —exclamó Ezequiel, visiblemente alterado—. ¡Aquí estaba la Santísima!

—Espérame fuera —ordenó el capitán.

Entró en la cueva y rápidamente sus ojos de policía se percataron del engaño. Suficiente para tal certeza fue comprobar los restos de cera sobre las piedras. Su mente se posó de inmediato en el cura. Sin embargo, apiadado, decidió no desvelar la verdad. Cuando salió de la gruta, el cielo se había tornado gris a causa de unos nubarrones que lo cubrían por completo.

—Lo investigaré —mintió a Ezequiel—. Algo extraño ha ocurrido aquí y como responsable del orden en esta comarca, he de saber qué ha sido.

No acababa de pronunciar aquellas palabras, cuando las esclusas del cielo se abrieron de par en par. Un aguacero sin fin comenzó a caer sobre ambos dibujando una escena de postal romántica. Mejía se resguardó en la cueva, pero Ezequiel se quedó de pie, inamovible, con los brazos abiertos, empapado hasta las trancas y la mirada dirigida al cielo mientras gritaba:

—¡Dios existe! ¡Existe y me ha mirado a los ojos!

CUATRO

De vez en cuando, llegaban noticias de alguna fechoría de Diego Enamorado: un asalto a un labriego rico, un robo de imaginería en una iglesia…, asuntos que Luis Mejía trataba de desentrañar con inútiles batidas de varios días con sus correspondientes noches. Al atardecer, se asomaba a la ventana de su habitación consistorial y dirigía la mirada a los montes lejanos, que se iban tornando grises según se ocultaba el sol. «Sé que estás ahí, en algún lugar escondido, pero no claudicaré ante la adversidad. Dios me asista en esta dura empresa», murmuraba para sus adentros, en un intento de no flaquear en fuerzas ni determinación.

Pasaron los días y luego las semanas. El verano se fue y el otoño alcanzó la tierra con frío y lluvia. Todo parecía perdido, pero el cielo o la suerte, vaya usted a saber, llegó de improviso, como el amor y la muerte.

Una madrugada grisácea, cuando las cortezas de los árboles se vestían del verde musgo por la cara norte, una mujer aporreó con insistente desesperación la puerta del ayuntamiento. El alcalde, asustado, fue el primero en recibirla, presto para conocer la causa del alboroto. Unos segundos más tarde, alertado el capitán Mejía, dejó el desayuno (un trozo de pan con manteca y café negro) y bajó al despacho del edil. Allí, tras calmar a la mujer, que lloraba sin cesar, comprendieron la causa de tamaño sufrimiento: su hija, de doce años, se había perdido.

—Se empeñó ayer por la noche en llevar flores a santa Eulalia, en la ermita —explicó entre sollozos—. Como no regresaba, su padre y yo salimos a buscarla, pensando que se habría perdido, pero no la hallamos. ¡Ayúdeme, señor capitán! ¡Ayúdeme!

Luis Mejía no perdió el tiempo. Corrió a vestirse y ordenó que ensillasen su caballo. Sin dudarlo, avisó a sus sargentos que levantaron a los guardias y en no menos de una hora, toda la compañía batía la zona en busca de la niña. Mientras tanto, en el pueblo, conocedor de la desaparición por la algarabía despertada, Ezequiel se dirigió a la cueva donde creía haber visto a la virgen, se postró de rodillas, puso los brazos en cruz y rezó en voz alta:

¡Madre santísima,
Reina del cielo,
una niña se perdió,
camino de Santa Eulalia.
y si la encontrase yo,
una salve le rezaba.

Cuando terminó de orar, se puso en camino.

Pasaron las horas bajo un cielo oscuro. El capitán, sin desalentarse, sabiendo que las primeras horas eran importantes, continuó con sus guardias peinando el terreno. Ninguna roqueda, covacha, arroyo, estero o recoveco quedó sin mirar. Así, sin comer, sin descansar, los hombres buscaron hasta que la luz del día fue difuminándose en sombras grotescas. Entonces, el sargento Juan Crisóstomo fue el primero en advertir a su mando que debían volver al pueblo.

—Mi capitán, en breve no veremos nada. Regresemos y mañana retornaremos a la búsqueda. Los hombres no pueden más.

—La Guardia Civil no se cansa, sargento. Si es necesario, dormiremos un poco al raso. Este calvero nos vendrá bien. Encendamos una hoguera y descansemos un poco.

En realidad, apenas pudieron dormir. El relente nocturno lo impidió y para cuando los guardias se levantaron al alba, de los improvisados lechos, los huesos les rechinaban como viejos portalones sin aceite.

Sin embargo, la sorpresa fue mayúscula cuando de detrás de un bosquecillo, apareció Ezequiel.

—Señor Capitán —dijo temblando como un niño—. Sé dónde está la niña desaparecida. Sígame…

Mejía, conocedor de la fantasiosa mente del hombre, en un principio no le creyó. Pero era tal el estado de agitación de Ezequiel, que decidió echar un vistazo. Al fin y al cabo, no perdía nada. Dio órdenes a sus hombres para que continuasen con la búsqueda e hizo que cuatro guardias le acompañasen.

—Guíanos —ordenó a Ezequiel—. Te seguimos.

Ezequiel caminaba rápido como un gamo por la campiña y los guardias hacían verdaderos esfuerzos físicos para no perderle de vista. Abandonaron el páramo para acercarse a un monte formado por cárdenas y abruptas roquedas hasta el punto de tener que escalar alguna de ellas. Por fin, tras una hora de marcha, llegaron a una meseta que parecía colgada por manos invisibles en medio de la montaña. Un frío helado dominó de repente la atmosfera circundante. Allí, descubrieron un espectáculo increíble.

Una veintena de salteadores se hallaban apostados detrás de un hombre arrodillado ante el cadáver de la niña desaparecida. A su lado, de pie, enarbolando una pistola se hallaba Diego Enamorado.

—No avance más —gritó el bandolero—. No prosiga o mis hombres abrirán fuego.

Luis Mejía ordenó a sus hombres detenerse. Ambos grupos se hallaban distanciados no más de veinte metros. El capitán comprendió enseguida que sería un suicidio enfrentarse a la partida.

—¿Qué ha ocurrido aquí? —preguntó Mejía inquieto.

—Este es Macario «el Virao» —respondió Diego con voz metálica y ojos enrojecidos—. Uno de los hombres en que depositaba mi confianza. Secuestró, abusó y asesinó a la pequeña. Yo, Diego Enamorado, haré justicia.

—No puedo permitirlo, Diego. Sabe que no puedo dejarle que tome la justicia por su mano.

—Hágame caso, señor capitán —insistió el bandido—. Hoy no es día para que muera nadie más. Llévese el cadáver y denle cristiana sepultura. Yo me encargo del resto.

Mejía miró a sus hombres. Estaban decididos a morir si fuese necesario y su jefe se lo ordenaba, pero ¿merecía la pena dar la vida por aquel despojo humano que había cometido tal atrocidad?

La tensión fue rota por Ezequiel. Adelantándose, se acercó al grupo de forajidos, se agachó y con sus poderosos brazos, recogió el cadáver de la pequeña. Dio media vuelta y se dirigió de nuevo hacia los guardias.

—Vámonos, capitán —dijo al cruzarse con Mejía—. Aquí, la verdad se abre camino y no hay más que ver.

Apesadumbrado, el capitán, que se debatía interiormente entre el deber y la ira desbocada, decidió ser prudente y seguirle junto con sus hombres.

Cuando bajaban, no sin dificultad, por las peñas, se escuchó un disparo que tronó como la venganza divina de una trompeta de Jericó.

—Ya está —murmuró Ezequiel—. Dios así lo quiere.

Nadie habló durante el camino de vuelta. Una vez reunidos con el resto de la compañía, regresaron al pueblo.

Aquella noche, tras haber entregado el cuerpo de la desdichada criatura a sus padres y escribir un atestado oficial de lo sucedido, Luis Mejía se acostó con fiebre. Cuando esta subió, el alcalde llamó al médico que requirió la ayuda de la joven Isabel, avezada en el cuidado de enfermos.

CINCO

Tres días tardó Luis Mejía en escapar de los delirios febriles y lo primero que vio fue el rostro de la joven Isabel.

—He muerto y estoy en el cielo, ya que veo un ángel —murmuró el capitán provocando una sonrisa en la muchacha.

—Déjese de bobadas, don Luis —respondió ella retirándole el paño mojado en agua tibia que se posaba en su frente. El médico dice que ha cogido un enfriamiento debido a la noche que ha pasado al albur. El relente de estos parajes es traicionero. Cinco de sus hombres también se encuentran en cama con los mismos síntomas. Deberá guardar reposo un par de días más hasta que esté recuperado. Ahora le daré un caldito de gallina con huevo batido que le he preparado, para recomponer su maltrecho cuerpo.

—¡Pero…! —protestó Luis—. He de seguir con mi labor.

—Nada de peros —respondió ella displicente—. Jamás entenderé a los hombres como usted. Anteponen el deber a su propia salud. ¿Qué les mueve a despreciar su vida de esa manera?

—Creo que es demasiado joven para entenderlo. El honor para un hombre es todo. Sin él o mancillado, la vida carece de sentido. Por eso es nuestro lema.

—¿Y el honor es tan importante como para perder la vida? ¿Qué diría su esposa si le matan?

—No tengo esposa. Yo…

Enseguida, el capitán se percató de que había caído cándidamente en la trampa que la mujer le acababa de tender. Definitivamente, en los asuntos del amor todavía era un pipiolo.

—¡Vaya! —exclamó la mujer que regresaba de la cocina con un cuenco sopero de barro en las manos—. ¿Cómo es posible que un hombre como usted no se haya casado? Seguro que el «honor» le convierte en un cascarrabias.

Mejía no supo que responder. Había sido derrotado sin ambages ni bandera blanca. Solo acertó a expeler un lacónico «¡Señorita, yo…!».

Con una sonrisa en el rostro que lo iluminaba como si de un ángel de Murillo se tratase, Isabel le incorporó sobre la almohada y le fue dando cucharada tras cucharada. El enfermo se sintió revivir con lo que se le antojó una pócima de fierabrás más que un triste caldo de gallina.

Cuando la joven se despidió prometiendo regresar en unas horas con más viandas, el capitán Luis Mejía, hombre cabal y duro como el diamante, se quedó a solas sin poder contener el corazón en su pecho.

¿Acaso se estaba enamorando?

Varios días después, una vez recompuesto en cuerpo y espíritu, tras preocuparse por el estado de salud de sus hombres, Mejía regresó a su quehacer habitual, que no era otro sino llevar ante la justicia al bandido que tantos quebrantos le proporcionaba. Mantuvo en secreto su atracción por Isabel, aunque se aficionó a cenar todas las noches en la taberna solo por el gusto de contemplar a la hermosa muchacha.

De nuevo, fue Ezequiel la piedra maestra en lo que luego la historia narraría como el primer enfrentamiento armado entre la Guardia Civil y la partida de Diego Enamorado.

Hallábase el capitán cenando embelesado, cuando irrumpió el inocente bruto en la taberna. Parecía agitado, como aquel que guarda un secreto y está deseando desvelarlo. Como un niño pequeño, se acercó al oficial y le dijo algo al oído.

Ante la mirada atónita de los parroquianos, Luis Mejía se levantó de un salto y dejando las viandas a medio comer, salió del establecimiento acompañado de Ezequiel. En la calle, la noche era gélida y oscura; el viento azotó el rostro de ambos hombres.

—¿Estás seguro de lo que dices? —preguntó Mejía.

—Tanto como que me caiga un rayo en la cabeza.

—Está bien. Toma estas monedas y vete a gastarlas, pero no hables de este asunto con nadie más. Jura por la virgen santísima.

—Lo juro.

Ezequiel tomó las monedas que el capitán le extendía y se perdió en las sombras dando brincos de alegría. Por su parte, Mejía se dirigió corriendo a su improvisado aposento en el ayuntamiento.

SEIS

Una vez vestido con el uniforme, el correaje coloca-
do, cargadas las pistolas y el sable en su vaina, Mejía
corrió a la casa donde se alojaba el sargento Juan
Crisóstomo y lo despertó con órdenes concretas de
reunir de urgencia a una sección en completo sigilo.

—En una hora deben estar preparados. Con
armas y bagajes incluidos. Munición suficiente para
un posible enfrentamiento.

Mientras tanto, en la guarida del Bandido Enamorado, situada en algún lugar de la serranía, este
preparaba a sus hombres para lo que parecía un
golpe sencillo y rápido. Desconocedor de que sus
planes habían sido advertidos a la Guardia Civil
por Ezequiel, Diego daba las últimas instrucciones.

—Será un golpe a lo grande —comentaba Diego a su lugarteniente «el Barquero», antiguo soldado de las Guardias Valonas—, Puesto que la información es correcta, el terrateniente dormirá con todo el dinero de la venta de los toros en la posada del Clavijo. Allí nos haremos con su bolsa.

—¿Y si se resiste? —preguntó retóricamente el Barquero.

—Espero que por su bien no lo haga, si no quiere reunirse con nuestro Padre en el cielo —respondió Diego circunspecto.

* * *

—¿Puedo preguntarle, mi capitán, adónde vamos —Juan Crisóstomo se hallaba incómodo sin conocer el motivo de aquella extraña misión en plena noche.

—He recibido una información que, de ser cierta, nos hará con el bandido preso. Es un trabajo esforzado y peligroso, pero la Guardia Civil no rehúye el sacrificio.

Sin hablar, completamente en silencio, la pequeña columna de guardias civiles se puso en marcha por el camino nocturno de la abnegación.

La noche era oscura. Los bandoleros se dirigían hacia la posada atravesando un pequeño bosque para no ser vistos. Se trataba de una veintena de hombres al mando de Diego Enamorado, que, confiado desconocía que su pertinaz enemigo, el capitán Mejía, conocía sus planes por las confidencias de Ezequiel. ¿Cómo se enteraba aquel hombretón de los planes de los bandidos? Esa pregunta, que Luis se hacía sin parar, jamás fue contestada. Así, el capitán se hallaba decidido a poner fin a sus fechorías, organizando una maniobra de emboscada en un angosto paso de la sierra.

Cuando los bandidos llegaron al estrechamiento del camino, Diego ordenó detenerse levantando la mano derecha. Algo en su interior le decía que debía desconfiar. Demasiado silencio, demasiada oscuridad…

—No se escuchan ni los grillos —dijo al Barquero volviéndose hacia atrás en la silla de su caballo—. No me gusta.

—No puedes acoquinarte ahora —espetó el subalterno—. Si lo haces, corres el riesgo de perder el respeto de tus hombres.

Diego, consciente de que su liderazgo se basaba no solo en la astucia, sino también en el valor personal, concluyó que el Barquero tenía razón. Decidió que lo mejor era proseguir y así lo ordenó.

El grito retumbó en la oscuridad como un cañonazo: «¡Alto a la Guardia Civil! ¡Tiren las armas!». Los bandoleros, paralizados momentáneamente por la potente orden proveniente de uno de sus flancos, tardaron en reaccionar. Los disparos de los guardias, apostados en dos grupos y bien parapetados tras unas peñas, causaron varios heridos en la partida que cayeron al suelo ensangrentados.

El enfrentamiento resultó feroz. Los disparos resonaban en el valle mientras ambos bandos luchaban por la supremacía. El Barquero, conocido por su astucia y valentía, se enfrentó cara a cara con el sargento Juan Crisóstomo al que vislumbró de pie, disparando su fusil de ordenanza. La batalla fue intensa, con ambos hombres demostrando una habilidad y determinación excepcionales. Pero el sargento, hombre bien entrenado, logró partirle el corazón con una bala certera.

En medio de la confusión y los gritos de los heridos clamando al cielo o a sus madres (los hombres siempre llaman a sus madres cuando están heridos de muerte), se pudo distinguir al capitán disparando sus pistolas de arzón como si de un guerrero antiguo se tratase. Un dios arcaico de la justicia y la guerra.

Finalmente, la Guardia Civil logró capturar a varios bandoleros, alguno de ellos herido de gravedad. Diego Enamorado había escapado, jurando venganza. La victoria fue agridulce para Mejía, que perdió a dos hombres en el enfrentamiento, pero sabía que habían dado un paso importante para restaurar el orden y la paz en la región.

Tras el enfrentamiento inicial, la Guardia Civil se reagrupó en su cuartel improvisado en la pequeña posada del Clavijo, no muy lejana del lugar de la batalla. El capitán Mejía, con el rostro marcado por la fatiga y la preocupación, reunió a sus hombres para planear el siguiente movimiento. Lo primero era regresar al pueblo, curar a los heridos y entregar a los prisioneros a la justicia. Así lo hicieron. Sabían que Diego Enamorado no se rendiría fácilmente y que la próxima acción debía ser meticulosamente planeada.

Mientras tanto, en un escondite secreto en lo profundo de la sierra, Diego y sus hombres lamían las heridas. La derrota había sido un golpe duro, pero no estaban dispuestos a rendirse. Diego, con su carisma y liderazgo, logró levantar la moral de sus hombres, prometiéndoles que pronto se vengarían de la Guardia Civil.

percató por primera vez desde su llegada a San Clemente que tenía que subir treinta y tres escalones para llegar a la habitación, que nunca antes contó.

Ya relajado, pensó que en aquella ocasión se habían traspasado todos los límites y que aún quedaba mucho trabajo por realizar.

Después, durmió toda la noche.

OCHO

Una semana más tarde, la Guardia Civil recibió información de una persona «anónima» —nadie sabía que Ezequiel se había convertido en el confidente del capitán—, sobre el próximo movimiento de los bandoleros.

Hasta el capitán le preguntó por qué lo hacía y este, sin dudar un momento, le contestó que: «Así me lo mandó la Virgen santísima». Diego Enamorado planeaba asaltar una caravana de comerciantes que transportaba oro y provisiones. Luis Mejía decidió usar esta revelación a su favor y preparó un operativo.

Se entrevistó con los comerciantes, que asustados, convinieron en lo que el capitán Mejía le propuso. Para ello, varios guardias se disfrazarían de comerciantes y harían frente a la partida del forajido, mientras el resto de la compañía atacaría a corta distancia. Por supuesto y a pesar de la desaprobación de Juan Crisóstomo y otros sargentos, Luis iría disfrazado con sus hombres.

Pasaron unos días de preparativos y por fin llegó el momento.

La noche del asalto, la caravana avanzaba lentamente por un camino estrecho y sinuoso. Los guardias civiles, disfrazados, estaban alerta, esperando el asalto. No pasó mucho tiempo antes de que los bandoleros aparecieran, descendiendo de las colinas como sombras en la noche.

El enfrentamiento fue brutal. Los bandoleros, confiados en su superioridad numérica, atacaron con ferocidad. Sin embargo, los guardias estaban preparados. Luis Mejía dirigió a sus hombres con precisión, logrando repeler el ataque inicial, en medio de la algarabía de sus hombres. Pero los bandidos no estaban ahítos de sangre y oro todavía; se recompusieron y atacaron de nuevo. En esta ocasión con redoblada virulencia.

En medio del caos, entre el ruido de los fusiles de pistón y los alaridos de los contendientes, Diego Enamorado y Luis Mejía se encontraron frente a frente. Esta vez, el duelo fue aún más intenso que el anterior de sus lugartenientes. Los dos hombres, símbolos de sus respectivos bandos, lucharon con una determinación feroz. El olor a pólvora quemada parecía elevarse hasta el cielo.

Finalmente, en un momento de descuido, Diego Enamorado fue herido en el brazo por el sable del capitán, que, habiendo gastado su munición, decidió luchar a la antigua. A pesar del dolor, el bandolero logró escapar una vez más, dejando atrás a varios de sus hombres capturados o heridos. Los guardias, aunque victoriosos, sabían que la amenaza de Diego Enamorado aún no había terminado.

La caravana llegó felizmente a su destino y los guardias regresaron a San Clemente. No acaecían baja alguna, aunque varios de ellos presentaban heridas de no mucha consideración.

Luis Mejía pagó de su bolsillo varias botellas de vino que encargó a los sargentos repartir entre sus hombres para solaz de los abnegados guardias. Él, se retiró a su habitación en el ayuntamiento para redactar el informe a sus superiores.

En ello estaba cuando alguien golpeó la puerta con los nudillos. Mejía se levantó del pequeño escritorio de que disponía, cerró el tintero, dejó la plumilla sobre un trapo y se dirigió hacia la puerta.

—¿Quién es a estas horas? —preguntó sin abrir como medida de precaución.

—Soy Isabel —respondió la voz femenina al otro lado.

Extrañado, pero deseoso, abrió la puerta. Allá se encontraba Isabel, arropada con una mantilla de lana para protegerse del frío. Estaba tan hermosa que, por unos instantes, Luis contuvo la respiración.

—¿Qué deseas? —preguntó una vez se recompuso—. No debes venir aquí a estas horas de la madrugada. La gente podría pensar mal.

—La noticia del enfrentamiento que has tenido con los bandidos ha corrido por todo el pueblo. Solo quería saber que te encuentras bien. Si algo te pasara, yo… —Isabel comenzó a llorar.

Luis pensó por un momento que debía invitarla a pasar a la habitación, pero el decoro se lo impidió. Jamás se dejaría llevar por la lujuria. Sin embargo, se apresuró dentro de la habitación y rebuscó en el armario hasta que encontró un pañuelo limpio. Con el limpió las lágrimas de la mujer…, pero no pudo evitar que esta le abrazase. Ante aquel gesto, Luis se armó de valor y unió sus labios a los de Isabel. Se besaron. La epifanía de un hombre y una mujer que traspasa las barreras del tiempo.

El beso más largo del mundo, aunque solo durase unos segundos.

Cuando ruborizados, ambos se separaron, Luis le pidió cariñosamente a Isabel que se marchara, al objeto de preservar la honra de la muchacha. Ella accedió con un mohín.

Una vez que la puerta se cerró, Luis ambicionó continuar con el informe, pero le resultó imposible. Llevaba la impronta de Isabel impresa dentro de su alma en forma de labios de la mujer.

* * *

Diego Enamorado no soltó un solo grito cuando uno de sus hombres aplicó un hierro candente sobre la herida para cauterizarla. Solo pidió un trago de aguardiente que se echó al coleto de una sentada. Miró a su alrededor, observando con ojos glaucos las sombras de sus hombres proyectadas por la luz de la hoguera sobre las paredes de la cueva donde se escondían. Si hubiera sido persona de estudios, se acordaría de Platón, pero no lo era por lo que lo único que sentía en su interior era furia y deseo de venganza. Luis Mejía era una pesadilla para sus intereses, tal como los sueños que padecía desde su llegada, le habían avisado.

En su mente, primitiva y sin embargo ágil, no dejaba de maquinar cómo acabar con aquel enemigo que tantas penalidades le causaba. Pese a que el dolor apenas le permitía respirar, se tumbó sobre la manta y pidió con un exabrupto una botella de aguardiente, que uno de los suyos le dio rápidamente. Bebió de ella con ansiedad no disimulada hasta acabarla.

Luego, se durmió.

Sus hombres le arroparon con otra manta y quedaron en silencio. Se miraron sin hablar, pero pensando, al igual que una colonia de hormigas, todos lo mismo. Parecía que su jefe, antaño brillante y audaz, se encontraba desconcertado en la lucha homérica que mantenía con los guardias. Comenzaban a dudar, no solo de su jefatura, sino también de su cordura.

NUEVE

El coronel don Melquiades Segarra leyó atentamente el informe que tenía sobre la mesa de su despacho. En él, el capitán Luis Mejía narraba todo lo acontecido y como su fuerza había quedado reducida a una treintena de guardias disponibles para el servicio, tras formar una cuerda de presos con el fin de trasladar los bandoleros capturados a Cuenca. Le llamaba la atención que no solicitaba refuerzos, quizás imbuido de un exacerbado sentido del deber. No sabía que pensar. Los enfrentamientos parecían haber sido duros y, sin embargo, solo se le informaba, sin quejas, pero también sin alharacas ni encomio personal.

«Este es el espíritu del Cuerpo», pensó satisfecho. «Ojalá se mantenga a lo largo del tiempo. Ese oficial se merece una medalla, o algo más, quizás un ascenso». Sin pensarlo dos veces, tomo un papel en blanco, entintó la pluma y escribió. Cuando concluyó, puso el sello del Estado Mayor y llamó a un ordenanza. Este picó a la puerta antes de recibir permiso. Era un guardia joven, que apenas lucía un ligero bigote.

—¡A la orden!

—Pasa, Guillermo. Toma esta nota —le tendió el papel con la tinta aún fresca—. Se la llevas al teniente para que la eleve a la superioridad.

El ordenanza cogió el documento con cuidado y salió para dirigirse al despacho del teniente. Posteriormente se supo que era la recomendación de ascenso a comandante para Luis Mejía.

* * *

Cuando Diego despertó del sueño alcohólico, el brazo desprendía olor a carne quemada. Se levantó lentamente y se llevó la mano derecha a la frente en un vano intento de sofocar el dolor de cabeza que amenazaba con explotarle las sienes. La hoguera estaba consumida desde horas atrás y el frío asolaba

Señor capitán:

Puesto que usted y yo tenemos un asunto que dirimir, y para que no corra más sangre que no sea la nuestra, creo oportuno retarle a que dirimamos nuestras diferencias como hombres cabales que somos. Los dos solos, en una ordalía en que el Altísimo será el supremo juez. Si acepta el ofrecimiento, hágamelo saber por el mismo medio que yo he utilizado y le esperaré dentro de dos días al caer la tarde en el desfiladero que lleva a la vereda de la antigua ermita.

Diego Sánchez Jiménez

Sorprendido, Luis Mejía se asomó a la ventana con el papel en la mano. Miró a través del cristal. Las primeras nieves comenzaban a caer.

* * *

Al día siguiente, reunió en secreto a sus sargentos, que en realidad solo eran dos: el ya mencionado Juan Crisóstomo y un vasco llamado Pablo Yzaguirre. Los puso al corriente del reto recibido y su deseo de aceptarlo. Estos, lo desaconsejaron vivamente.

—Un oficial de la Guardia Civil no puede ponerse en riesgo de esa manera —dijo Juan Crisóstomo apelando al buen juicio de su jefe—. No estamos en el siglo XIV, mi capitán. Nosotros somos la ley, no justicieros vengadores.

—Yo también se lo desaconsejo, mi capitán —apostilló Yzaguirre—. Ese bandido no puede luchar en igualdad de condiciones con usted. Nosotros representamos a la patria, no solamente a nuestro honor. No podemos convertir este asunto en algo personal.

Mejía pensó durante unos segundos antes de responder.

—No es algo personal, señores. Se trata del deber y el nuestro es limpiar este territorio de las alimañas que lo ensucian con su presencia. Un guardia civil no ha de pararse a pensar en el riesgo personal, si no en hacer honradamente el beneficio para las personas a las que protege. He decidido aceptar el reto, puesto que no es mi deseo que se vierta más sangre en esta tierra. Así se lo he hecho saber al bandido a través del mensajero común. Mi decisión es irrevocable. Ustedes permanecerán aquí y, si no regreso, me irán a buscar porque entonces deberán darme sepultura.

Con estas palabras, dio por terminada la reunión, pero Juan Crisóstomo, temiendo por la vida del capitán, se apresuró a hablar con Isabel. Pensó, que, contándole la decisión de Mejía, esta podría convencerle. Sin embargo, la respuesta que obtuvo no fue la esperada.

—¿Usted, señor sargento, sabe lo que me está pidiendo? —respondió la mujer con la mesura reflejada en el rostro—. Un oficial de la reina debe conocer su deber en todo momento. Si por ello he de guardar luto, lo haré con la dignidad de cualquier mujer que sabe que la persona a la que quiere dio la vida por una causa justa. Le agradezco su aviso, pero desde ahora mismo pongo en su conocimiento que aceptaré lo que el designio divino me tenga preparado.

Admirado, el sargento desistió de su empeño. Pero al marcharse de la taberna, no pudo observar como en la trastienda, ajena a miradas chismosas, la muchacha se derrumbaba. Tanto lloró, tantas fueron las lágrimas saladas, que llenó por completo su pañuelo. Cuando terminó, ya recompuesta de la pena que atenazaba su corazón, fue a su habitación, buscó en el ropero un vestido negro y se lo puso. A partir de ese momento y hasta el final de sus días en este mundo, solo vistió de ese color.

* * *

Un día después, al atardecer y a pesar del frío reinante, el capitán don Luis Mejía, vestido con el traje de gala de la Guardia Civil, montó en su caballo y partió hacia el desfiladero.

Por el camino, entre los neveros y la tierra mojada, solo pensó en Isabel y los hijos que posiblemente nunca tuvieran. Antes de llegar se persigno tres veces y solicitó la gracia de Dios en su empeño.

Después, cabalgó hacia su destino.

DIEZ

—¡Por fin estamos solos, usted y yo! —gritó Diego Enamorado.

Las palabras del bandolero, trasladadas por un viento gélido, resonaron de piedra en piedra como un eco maléfico en el angosto desfiladero, hasta alcanzar los oídos del capitán.

—¡Así es! ¡Llego la hora de la verdad y la justicia! —respondió Mejía sin inmutarse.

El sol gélido comenzaba a ocultarse tras las moles grisáceas de las montañas, sumiendo en las sombras poco a poco el escenario del último duelo entre dos gigantes: uno del bien y otro del lado del mal.

La nieve manchaba la tierra de blanco y el viento se había calmado. Ninguno de los dos contendientes sabía cómo habían llegado a aquella situación, pero eran conscientes de que los acontecimientos vividos con anterioridad la habían hecho inevitable. No sentían miedo, eran hombres recios, duros como el diamante. El juego era a vida o muerte. El capitán, movido por el sentido del deber; el otro, llevado en volandas por la mano inquieta de su azarosa vida.

—¡Uno de nosotros no saldrá vivo! ¡Los dos lo sabemos! —volvió a gritar el bandido.

—No existe verdad más eterna que la muerte. A todos ha de llegarnos —respondió Mejía—. Desde que te conocí en la taberna supe que nuestro destino estaba unido. Antes de matarte, quiero hacerte una pregunta.

—Pregunte.

—¿Ordenaste el atentando contra mi vida aquella noche al salir de la taberna?

—¿Por quién me toma, capitán? Jamás ordenaría asesinar a un hombre desarmado. El único por estos lares que puede arrebatarle la vida y mandarle al infierno, soy yo.

Quedaron en silencio. Solo las rocas, el musgo y las malas hierbas eran testigos de tan increíble suceso. Se hallaban a unos veinte pasos el uno del otro, distancia suficiente para efectuar el último duelo.

—Te creo —respondió Mejía—. Pero, ¡ea!, dejémonos de charla y vayamos a lo nuestro, que la tarde se oscurece y no quiero errar el tiro.

Ambos dispararon a la vez. El capitán Mejía con su pistola de arzón; el bandido con la chispa. Las detonaciones resonaron en el desfiladero como si el oscuro cielo fuera a derrumbarse sobre la tierra. Al disiparse la niebla producida por la pólvora, los dos hombres seguían en pie.

—¡Los dos hemos fallado! —gritó Diego.

—¡Así es! —respondió Mejía al tiempo que arrojaba el arma al suelo y desenvainaba el sable—. ¡Riñamos como hombres!

—¡A la antigua usanza, capitán! —respondió el bandido sacando una enorme faca de su faja colorada.

Sin pensarlo dos veces, se acometieron con la ferocidad de dos bestias defendiendo su honor.

El cuerpo a cuerpo resultó fiero. Las cuchilladas iban y venían como destellos mortales. Durante veinte minutos que duró el lance a vida o muerte, los contendientes recibieron heridas que a cualquier otro le hubiera dejado inerte, pero no eran hombres comunes. Por fin, agotados, cayeron al suelo, uno sobre el otro con rosas de sangre roja surgiendo de sus cuerpos.

* * *

El cadáver de Luis Mejía fue hallado por sus guardias a la mañana siguiente. Se encontraba abrazado al cuerpo de Diego Enamorado, que aun respiraba, por lo que le dieron preso. Fueron trasladados a San Clemente, donde el bandido recibió atención médica a regañadientes por el barbero e Isabel, que con rostro serio y el alma muerta, cumplió con su deber sin derramar una sola lagrima por Luis Mejía.

A Mejía lo trasladaron a Cuenca. Fue enterrado una mañana lluviosa en el cementerio de la ciudad con guardia de honor, fusiles a la funerala y la presencia de altos mandos de la Guardia Civil comandados por su excelencia don Francisco Javier Girón y Ezpeleta de las Casas y Enrile, duque de Ahumada y marqués de las Amarillas, primer director general del Cuerpo, que impuso sobre el féretro (al no existir viuda), la medalla de la Real y Militar Orden de San Hermenegildo por sus abnegados servicios a la patria.

Por su parte, el gobernador militar glosó en una vibrante elegía la vida del capitán, dedicada al servicio del bien y la lucha contra el mal. En su lápida, el sargento Juan Crisóstomo ordenó grabar la siguiente inscripción: «El honor fue su divisa, vivió como un caballero y murió como un guerrero en cumplimiento del deber».

Diego Enamorado se recuperó lo suficiente de sus heridas y fue trasladado encadenado como Prometeo, a Madrid, donde el tribunal lo condenó a muerte por sus fechorías. Un mes después, subió al cadalso una madrugada en que ni siquiera los gorriones picoteaban en busca de una migaja de pan por el patio de la prisión. Dicen que sus últimas palabras antes de ser ajusticiado por el garrote fueron: «Seguiremos riñendo en el más allá, capitán».

Su cuerpo fue entregado a la tierra en una fosa común para evitar peregrinaciones y hoy en día se desconoce donde reposan sus restos.

Ezequiel desapareció del pueblo después de estos tristes sucesos. Nunca regresó, pero hubo algún viajante que afirmó haberlo visto viviendo ascéticamente en una covacha de la sierra.

Cuentan las comadres que, durante años, una mano desconocida procuró de flores frescas la tumba del capitán don Luis Mejía, hasta que un día faltaron. Según los historiadores locales, ese día coincidió con la muerte por pura vejez de Isabel, la hermosa hija del mesonero que siempre guardó en algún lugar secreto del corazón el amor que ambos se profesaron.